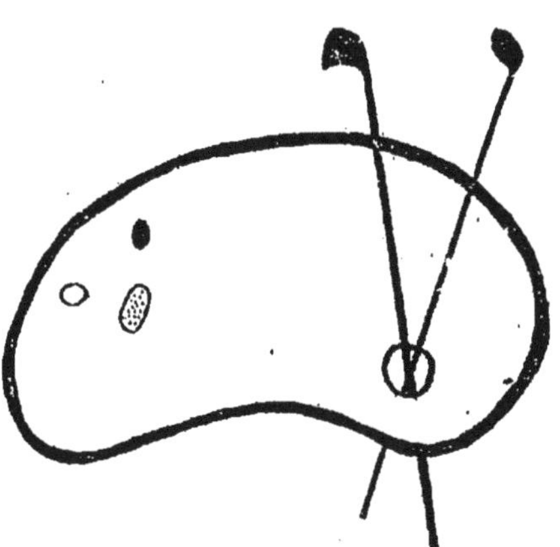

DEBUT D'UNE SERIE DE DOCUMENTS
EN COULEUR

23 avril 1860

Crédit 12020 f

CATALOGUE

D'UN

BON MOBILIER

OBJETS D'ART, TABLEAUX, DESSINS, GRAVURES,

Médailles, DIAMANTS, BIJOUX, Argenterie, Linge,

Garderobe et Vins,

DONT LA VENTE AURA LIEU

Rue Caumartin, N° 3, à Paris,

Les Lundi 23, *Mardi* 24 *et Mercredi* 25 *Avril* 1860,

A MIDI.

Par le ministère de Me **VAUNOIS,** Commissaire-Priseur,
rue Laffitte, 37;

Assisté de M. **D'HIOS,** Expert, rue Le Peletier, 33;

Chez lesquels se distribue le présent Catalogue;

Et de M. **AUBRY,** Libraire, rue Dauphine, 16,

Chez lequel se distribue le Catalogue de la Bibliothèque.

EXPOSITION PUBLIQUE

LE DIMANCHE 22 AVRIL 1860.

Paris. — Typographie d'Émile Allard, 14, rue d'Enghien.

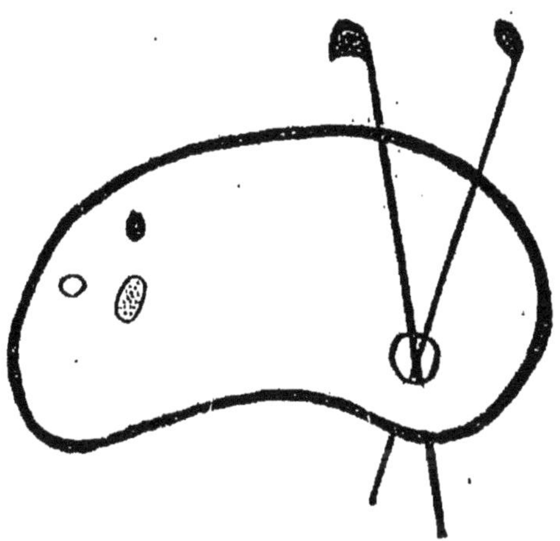

FIN D'UNE SERIE DE DOCUMENTS
EN COULEUR

CATALOGUE

D'UN

BON MOBILIER

OBJETS D'ART, TABLEAUX, DESSINS, GRAVURES,

Médailles, DIAMANTS, BIJOUX, Argenterie, Linge,
Garderobe et Vins,

DONT LA VENTE AURA LIEU

Rue Caumartin, N° 3, à Paris,

Les Lundi 23, *Mardi* 24 *et Mercredi* 25 *Avril* 1860,

A MIDI,

Par le ministère de Me **VAUNOIS**, Commissaire-Priseur,
rue Laffitte, 37;

Assisté de M. **D'HIOS**, Expert, rue Le Peletier, 33;

Chez lesquels se distribue le présent Catalogue;

Et de M. AUBRY, Libraire, rue Dauphine, 16,

Chez lequel se distribue le Catalogue de la Bibliothèque.

EXPOSITION PUBLIQUE

LE DIMANCHE 22 AVRIL 1860.

ORDRE DE LA VENTE.

Le Lundi 23 *Avril :* Batterie de cuisine, Verrerie, Porcelaine, Bronzes, Objets d'Art, Tableaux et Gravures, Argenterie, Bijoux, Médailles.

Le Mardi 24 *Avril :* Linge et Garderobe, Livres et commencement des Meubles s'il y a lieu.

Le Mercredi 25 *Avril :* Meubles, Tapis, Glaces et Vins.

Le Catalogue de la Bibliothèque, qui sera vendue le 24 avril 1860, se distribue chez M. AUBRY, Expert, rue Dauphine, 16.

DÉSIGNATION.

BRONZES.

1 — Un Lustre de cabinet bronze et bronze doré, à 12 lumières.

2 — Un Lustre de salon en bronze et bronze doré, à 15 lumières.

3 — Un Lustre en bronze à 8 lumières, pour chambre à coucher.

4 — Une Garniture de cheminée pour cabinet, composée de : pendule en bronze (le Génie de la Géométrie); socle en marbre griotte; 2 cassolettes, monture en bronze; marbre vert de mer, et 2 vases en bronze et bronze doré.

5 — Garniture de cheminée pour salon, composée de : pendule en bronze et dorure au mat (Génie de l'Astronomie) avec bas-reliefs; socle en velours avec sujet antique bas-relief, et 2 candélabres à 6 lumières chacun avec flamme.

6 — 2 petits Vases en bronze, ornements dorés.

7 — Un grand Vase forme Médicis, en bronze, sur socle en marbre griotte, sujet : figures de haut-relief.

8 — Une grande Coupe en bronze, socle et pieds dorés.

9 — Une Garniture de cheminée pour chambre à coucher; pendule, sujet : l'Amour et Psyché, et 2 coupes en bronze, socles en marbre griotte.

10 — Garniture de cheminée pour salle à manger, composée de : pendule (Sapho), et 2 supports de lampes avec leurs lampes, le tout en bronze ; socles en marbre griotte, et 2 flambeaux en bronze.

11 — 2 grandes Lampes en colonnes en bronze, ornements dorés.

12 — 2 autres en bronze, sujets : Rondes enfantines, ornements dorés.

13 — Un Support de lampe en bronze, pieds de satyre.

14 — Petite Statue de Napoléon Ier, en bronze.

15 Une Pendule dorée (la Poésie), socle à musique.

16 — 2 Statuettes en bronze (Jeanne d'Arc et Charles VII), socles bronze doré, avec têtes d'éléphants, ornant une glace de salon.

17 — 2 Bras appliques ornant une glace de salon.

18 — 4 Flambeaux dorés.

19 — Beau Cartel Louis XVI en bronze ciselé et doré.

20 — Belle et grande Suspension de salle à manger à 10 bougies avec lampe, le tout en cuivre.

21 — 2 Lampes Carcel avec leurs socles en bronze.

22 — Petite Suspension d'antichambre.

23 — Garnitures de foyer en bronze, cuivre, bronze doré et cuivre doré.

24 — Encriers, Presse-papiers, Ustensiles de bureaux en bronze.

25 — Panoplie d'armes ornée de cuirasse, casque, gantelets, épées, masse d'armes, hachette, etc.

PORCELAINES.

26 — 2 Potiches du Japon fond bleu, décor bleu, couvercle bronze doré.

27 — Une Garniture de 5 pièces porcelaine du Japon, composée de 3 potiches et 2 cornets décor bleu et médaillons laque.

28 — 2 grands Vases à long col céladon bleu, avec branchages blancs en relief, monture en bronze doré.

29 — 2 Vases porcelaine de Chine, fond chocolat,

médaillons à fleurs, monture en bronze doré, en forme d'éguières.

30 — Un Vase en porcelaine de Chine, décor mandarin, monture en bronze doré.

31 — Un grand Bol porcelaine de Chine et bronze doré.

32 — 2 Plats ronds en porcelaine du Japon.

33 — 2 grands Vases en terre émaillée, décors à fleurs, socles en bois de fer.

34 — 4 belles Consoles, supports en bois, pâte et dorure.

35 — Un Vase en porcelaine du Japon monté en brûle-parfums, avec bronze doré.

36 — 5 Corbeilles à fleurs et à fruits, pour surtout, en porcelaine blanche et dorée.

37 — Un Service de table en porcelaine blanche, filets d'or, composé de : 216 assiettes plates et creuses, 6 plats ronds et longs, 8 bateaux à beurre, 5 hors-d'œuvre, 2 saladiers.

38 — Un Service de dessert, porcelaine blanche décorée à fleurs, filets d'or, bordure verte et dorée, composé de : 72 assiettes, 10 compotiers et pièces montées, 2 sucriers.

39 — 34 Assiettes à fleurs, 15 Assiettes à dessert, couleurs et dessins variés.

40 — Un Service à thé en porcelaine dorée, décorée à fleurs, fond bleu, comprenant : théière, sucrier, pot au lait, 2 soucoupes à gâteaux, et 12 tasses avec soucoupes.

41 — Une Boîte à thé en cristal taillé.

42 — *Verrerie* : 14 carafes, 33 verres ordinaires, 14 verres à sirop, 35 verres à Madère et Bordeaux, et 17 verres à Champagne, un compotier avec sa soucoupe en cristal, sucrier en cristal.

43 — Tasses à thé, à café et à déjeûner, en porcelaine blanche, dorée, décorée, à dessins et sans dessins, avec soucoupes et sans soucoupes.

PLAQUÉ.

44 — 6 Réchauds ronds et 3 réchauds longs avec leurs cloches.

45 — 15 Plateaux de carafes.

46 — Une Théière avec réchaud et support en métal Anglais.

ARGENTERIE.

47 — 12 Couverts à filets, pesant. . . 2,080 gr.
48 — 12 » » » . . 2,083
49 — 12 » » » . . 2,070

50 — 18 couverts d'entremets à filet, pest. 2,197

51 — 2 Bouts de table,
4 Salières,
2 Cuillères à sel,
Un Moutardier,
Une Cuillère à moutarde } pesant. 964

52 — Un Huilier. 1,018

53 — Une grande Cafetière. 775

54 — Une autre Cafetière. 214

55 — Une Casserole. 237

56 — Une Truelle à poisson 96

57 — Une Cuillère et une Pince à sucre. 121

58 — 7 Cuillères à café, un Couvert d'enfant. 184

59 — Une Louche 250

60 — Une Cuillère à punch
Une Passoire à thé } 46

61 — 12 petites Cuillères à café . . . 272

62 — Un Rond de serviette 37

63 — Service de hors-d'œuvre (cuillère, fourchette, couteau et truelle), manches d'ivoire et lames d'argent.

64 — 18 Couteaux manches d'ivoire, lames d'acier, viroles d'argent et Service à découper dont fourchettes en argent.

65 — 12 Couteaux de dessert, lames d'acier, manches noirs, viroles et écussons argent.

66 — 12 autres lames et viroles argent, manches de nacre.

67 — Un Sucrier en cristal, monture argent.

VERMEIL.

68 — 18 Couverts pesant . . . . . 2,082 gr.

69 — 18 Cuillères à café. 328

70 — Une Cuillère à glace, }
Un petit Couvert, } . . . 212

71 — Une Cafetière filtre en argent et vermeil. 540

72 — 18 Couteaux de dessert, manches en nacre, viroles vermeil, lames d'acier.

73 — 18 autres manches en nacre, viroles et lames en vermeil.

DIAMANTS.

74 — Une Parure composée de :

Broche en or sur fond émail noir, montée de 11 brillants et 4 roses.

Et une paire de Boucles d'oreilles avec pendants, montée de 24 brillants.

75 — Une Épingle de cravate en or, montée d'une opale avec 6 brillants.

76 — Une Bague or et diamant jaune.

BIJOUX.

77 — Une Montre en or guillochée.

78 — Une autre Montre en or émaillée.

79 — Une Montre en argent.

80 — Une Chaine de montre d'homme en or, pesant. . . . . 39 gr.

81 — Une Chaine de cou avec croix et deux boucles d'oreilles, en or. 98

82 — Une Chaine de montre de femme, en or. 33

83 — Une Boucle de ceinture en or, pesant. 17

83 *bis*. — Une belle Broche montée en or, ornée de grosses perles, brillants et lapis.

84 — Une paire de Boucles d'oreilles en or et camée.

85 — Une paire de Boucles d'oreilles or et turquoises.

86 — 2 Bracelets or et camées.

87 — Menus Bijoux, Bagues, Alliances et Croix.

88 — Une Tabatière en or avec griffons et ciselures en relief, pesant 426 grammes.

89 — Une autre en or ciselée.

90 — Une autre Tabatière en argent et vermeil.

MÉDAILLES.

91 — Une Médaille en or, pesant 19 grammes, pour le rétablissement de la statue de Henri IV, à l'effigie de Henri IV et Louis XVIII.

92 — Une Médaille en argent, pesant 228 grammes, pour la proclamation de l'empire et une Médaille en bronze frappée à la même occasion.

93 — Une Médaille en argent, pesant 87 grammes, à l'effigie Bellard et une Médaille en bronze à la même effigie.

94 — 2 Médailles des eaux de la ville, en argent, pesant 85 grammes.

95 — Une Médaille de la construction de la Bourse, en argent, pesant 178 grammes, à l'effigie de Louis XVIII et Charles X, et trois autres pareilles en bronze.

96 — Une Médaille en argent de la pose de la première pierre de l'Entrepôt, pesant 17 grammes.

97 — 4 petites Médailles dont une pour le rétablissement de la statue de l'Empereur Napoléon Ier, pesant ensemble 12 grammes.

98 — Une Médaille d'argent pesant 65 grammes.

99 — 16 Médailles en bronze commémoratives d'événements nationaux ou municipaux tels que :

Médaille de la pose de la première pierre des halles, de différentes barrières et de l'ouverture de différents canaux.

— Médaille du mariage du Prince d'Orléans.

— Médaille d'inauguration de la fontaine Molière.

— Médaille à l'effigie de Malherbe.

TABLEAUX.

100 — ACHET DE MASSY. Trois Chevaux montés par un Cavalier nègre.

101 — DU MÊME. Jument et son Poulain à l'écurie.

102 — DU MÊME. Chevaux en liberté.

103 — TÉNIERS (DAVID). Intérieur de Corps-de-Garde.

104 — VANLOO (Genre de). Partie de Musique.

105 — LANCRET (École de). Le Jeu des Quatre-Coins.

106 — SNYDERS. Fruits divers.

107 — DEHEEM. Fruits et Gibier mort.

108 — MOLNAERT. Intérieur de Cabaret.

109 — POUSSIN (École de). Allégorie de l'Amour.

110 — VERNET (École de JOSEPH). Paysages marines ornés de jolies Figures.

111 — CLAUDE LORRAIN (D'après). Paysage orné de Figures.

112 — MARTIN. Un Moine.

113 — **LEPOITEVIN**. Une Aquarelle.

114 — **GRENET**. Effet d'Hiver.

115 — **PATEL**. Port italien.

116 — **THIÉNON**. Vue prise en Normandie.

117 — ÉCOLE FRANÇAISE. Quatre Figures de Femmes en pied, représentant les Saisons.

118 — MÊME ÉCOLE. Esther devant Assuérus.

119 — MÊME ÉCOLE. Diane entourée de Nymphes.

120 — ÉCOLE MODERNE. Les petits Savoyards. Deux pendants.

121 — **CHEVALIER** (Signés). Deux Paysages.

122 — **LESUEUR**. Deux Aquarelles. Projets d'Embellissement de la place Louis XV.

123 — **RIGAUD** (D'après). Portrait de Bossuet.

124 — **BRUYÈRE** (Signé). Bouquet de Fleurs.

125 — ÉCOLE FRANÇAISE. Allégorie de l'Etude.

126 — ÉCOLE ANGLAISE. Vue de Monuments. (Aquarelle.)

GRAVURES ENCADRÉES

D'APRÈS LES MAÎTRES ITALIENS,

Gravées par *Raphaël Morghen*, *Massard*, Volpato, Porporati et autres bons graveurs.

Quelques Dessins, *Aquarelles* et Tableaux omis au Catalogue.

MEUBLES.

Beau Meuble de salon, composé de 12 chaises, 6 fauteuils et un canapé, le tout en acajou recouvert en soie cramoisie, 4 rideaux de croisée, 4 portières en damas de soie, 2 portières en damas de laine cramoisie.

Magnifique Piano de Hatzenbulher, en bois noir, incrustations et filets de cuivre, avec table d'harmonie et dessins découpés, tabouret de piano.

Un autre Piano droit en palissandre du même facteur.

Deux très beaux Meubles d'entre-deux vitrés, bois noir et incrustations de cuivre, dessus de marbre.

Deux autres très beaux Meubles d'entre-deux, genre Boule, à 2 vantaux pleins, incrustations, bordures et encoignures en cuivre, dessus de marbre.

Meuble de Salle a Manger en acajou comprenant : 18 chaises dossiers renversés, recouvertes en velours vert, table à 5 rallonges et 6 pieds, servantes, buffet vitré, armoire à porte pleine, rideaux en reps.

Meuble de Cabinet de Travail comprenant: beau bureau plat, fauteuil de bureau, table à volet, 3 corps de bibliothèque, le tout en acajou.

Une Bibliothèque et un secrétaire en bois de rose.

Très belle Armoire en bois noir, fronton à fleurs découpées, à 2 vantaux pleins et plaqués, avec tiroirs et armoires intérieurs découpés à jour, incrustations de nacre.

Bons Meubles de Chambres à coucher en acajou, comprenant : couchettes, armoires à glace, commodes, secrétaires, tables et tables de nuit, guéridons, fauteuils, chaises, bergères, voltaires, canapés, chaises longues.

Bons meubles courants en acajou, bois doré et autres.

Nombreuse et bonne Literie.

Grands Tapis d'Appartements, dont un couvrant le salon et la salle à manger.

Sept grandes et belles Glaces, dont une de salon avec appliques et statuettes, cadres dorés.

Linge de ménage.

Linge de corps et garderobe de femme.

4 Cachemires.

Dentelles.

200 bouteilles de vin de Bordeaux et ordinaire.

Bouteilles vides.

Belle Batterie de cuisine.

PARIS. — Typographie d'Emile ALLARD, rue d'Enghien, 14.

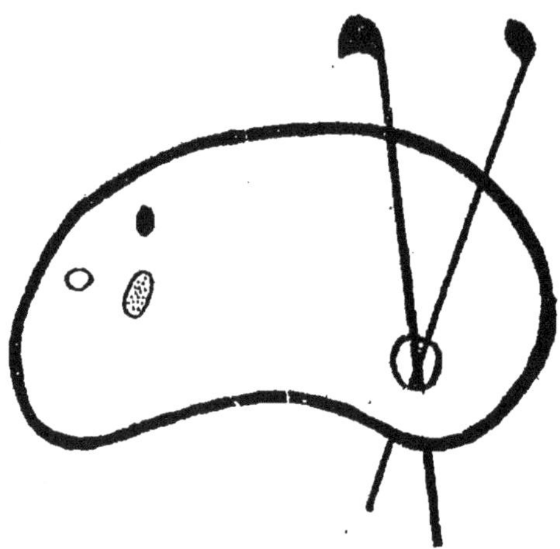

www.ingramcontent.com/pod-product-compliance
Ingram Content Group UK Ltd.
Pitfield, Milton Keynes, MK11 3LW, UK
UKHW021040200726
13857UKWH00005B/1833

9 782011 923622